AF197977

Tucholsky Wagner   Zola   Scott   Freud   Schlegel
          Turgenev   Wallace   Fonatne Sydow
     Twain   Walther von der Vogelweide Fouqué   Friedrich II. von Preußen
                  Weber   Freiligrath   Frey
Fechner   Fichte Weiße Rose von Fallersleben Kant Ernst   Richthofen Frommel
        Fehrs Engels   Fielding   Hölderlin   Tacitus Dumas
                Faber   Flaubert   Eichendorff
Feuerbach Maximilian I. von Habsburg Fock Eliasberg Zweig   Ebner Eschenbach
                Ewald   Eliot   Vergil
        Goethe   Elisabeth von Österreich   London
Mendelssohn Balzac   Shakespeare   Ganghofer
        Trackl   Lichtenberg   Rathenau   Dostojewski
             Stevenson   Doyle   Gjellerup
Mommsen Thoma   Tolstoi   Hambruch
        Thoma   Lenz   Hanrieder Droste-Hülshoff
Dach   Verne   von Arnim Hägele   Hauff   Humboldt
        Reuter   Hagen   Hauptmann
    Karrillon   Garschin Rousseau   Gautier
        Damaschke   Defoe   Hebbel   Baudelaire
                    Descartes   Hegel   Kussmaul Herder
Wolfram von Eschenbach   Dickens Schopenhauer
            Darwin   Melville   Grimm Jerome Rilke   George
    Bronner   Bebel   Proust
        Campe   Horváth   Aristoteles
Bismarck   Vigny   Barlach Voltaire Federer   Herodot
                 Gengenbach   Heine
    Storm Casanova   Tersteegen   Gilm Grillparzer Georgy
           Chamberlain Lessing Langbein   Gryphius
Brentano   Lafontaine
    Strachwitz   Claudius Schiller   Kralik Iffland Sokrates
        Katharina II. von Rußland Bellamy Schilling
                         Gerstäcker Raabe   Gibbon   Tschechow
Löns   Hesse Hoffmann   Gogol   Wilde   Vulpius
    Luther Heym Hofmannsthal Klee Hölty Morgenstern Gleim
        Roth   Heyse Klopstock   Kleist   Goedicke
Luxemburg   Puschkin   Homer   Mörike
        La Roche   Horaz   Musil
    Machiavelli   Kierkegaard Kraft   Kraus
Navarra Aurel Musset   Moltke
        Lamprecht Kind Kirchhoff Hugo
    Nestroy Marie de France   Liebknecht
    Nietzsche   Nansen   Laotse   Ipsen
            Marx   Ringelnatz
    von Ossietzky   Lassalle Gorki   Klett   Leibniz
        May   vom Stein Lawrence   Irving
    Petalozzi   Knigge
        Platon   Pückler   Kafka
    Sachs Poe   Michelangelo   Kock
                         Liebermann   Korolenko
        de Sade Praetorius   Mistral   Zetkin

Der Verlag tredition aus Hamburg veröffentlicht in der Reihe TREDITION CLASSICS Werke aus mehr als zwei Jahrtausenden. Diese waren zu einem Großteil vergriffen oder nur noch antiquarisch erhältlich.

Symbolfigur für TREDITION CLASSICS ist Johannes Gutenberg (1400 — 1468), der Erfinder des Buchdrucks mit Metalllettern und der Druckerpresse.

Mit der Buchreihe TREDITION CLASSICS verfolgt tredition das Ziel, tausende Klassiker der Weltliteratur verschiedener Sprachen wieder als gedruckte Bücher aufzulegen – und das weltweit!

Die Buchreihe dient zur Bewahrung der Literatur und Förderung der Kultur. Sie trägt so dazu bei, dass viele tausend Werke nicht in Vergessenheit geraten.

Himmel und Erde

George Byron

Impressum

Autor: George Byron
Übersetzung: Adolf Seubert
Umschlagkonzept: toepferschumann, Berlin

Verlag: tredition GmbH, Hamburg
ISBN: 978-3-8495-2938-3
Printed in Germany

Text der Originalausgabe

Lord George Byron

Himmel und Erde.

Ein Mysterium

Lord Byrons

sämmtliche Werke

in drei Bänden.

Frei übersetzt

von

Adolf Seubert.

Dritter Band.

Leipzig.

Druck und Verlag von Philipp Reclam jun.

Gegründet auf folgende Stelle im
1. Buch Mosis, 6. Cap.
»Da sich aber die Menschen be-
ginneten zu mehren auf Erden
und zeugeten ihnen Töchter;«
»Da sahen die Kinder Gottes
nach den Töchtern der Menschen, wie sie schön waren
und nahmen zu Weibern, welche
sie wollten.«

Und das Weib klagt um den ge-
liebten Dämon. – C o l e r i d g e

Personen des Dramas.

Engel:	Männer:	Frauen:
Samiasa.	Noah.	Anah.
Azaziel.	Irad.	Aholibamah.
Raphael, Erzengel.	Sem.	
	Japhet.	

Chor der Erdgeister. Chor der Sterblichen.

Erster Act.

Erster Auftritt.

Eine Wald- und Gebirgsgegend, am Ararat.
Mitternacht.

Anah und Aholibamah.

Anah. Der Vater schläft; die Stunde ist gekommen,
Wo, die uns lieben, durch die dunkeln Wolken
Am fels'gen Ararat herniedersteigen.
Wie schlägt mein Herz!

Aholibamah. Wir wollen ihnen rufen.

Anah. Jedoch die Sterne sind verhüllt: ich zittre.

Aholibamah. Auch ich, doch nur aus Furcht, sie könnten säumen.

Anah. Zwar lieb' Azaziel ich mehr als – oh
Zu viel! Was wollt' ich sagen? Gottlos wird
Mein Herz.

Aholibamah. Wie könnt' es gottlos sein, wenn wir
Des Himmels Söhne lieben?

Anah. Doch ich liebe
Gott selber weniger, Aholibamah,
Seit mich sein Engel liebt. Das ist nicht gut.
Ich weiß zwar nicht, ob ich ein Unrecht thu',
Doch fühl' ich tausend Aengsten, die drauf deuten,
Daß es nicht recht.

Aholibamah. So nimm dir einen Sohn
Des Stands zum Mann und spinn' und plage dich.
Der Japhet liebt dich ja, hat dich schon lang
Geliebt; nimm ihn, und zeuge Staub.

Anah. Ich hätte
Azaziel nicht weniger geliebt,
Wär' er ein Sterblicher. Doch freu' ich mich,
Daß er's nicht ist. So kann ich doch Gottlob!

Ihn überleben nicht. Und wenn ich denk',
Daß überm Grab des armen Dings von Thon,
Das ihn so angebetet wie den Höchsten,
Er selbst einst mit unsterblichem Gefieder
Sanft wehen wird, so wird der Tod mir nicht
So schreckhaft mehr. Doch ihn bemitleid' ich;
Sein Kummer wird Jahrhunderte lang dauern;
So würd' es wenigstens mein Gram um ihn,
War' ich der Seraph, er der Sterbliche.

Aholibamah. Weit eher, glaube mir, erkiest er sich
Ein ander Erdenweib, das er dann liebt,
Wie Anah er geliebt.

Anah. Und wär' es so
Und sie auch liebte ihn, 's wär' besser noch,
Als daß er weint' um mich.

Aholibamah. O müßt' ich so
Von Samiasa's Liebe denken, ich
Verachtet' ihn trotz seinem Seraphthum!
Doch nun zum Ruf, die Stunde hat genaht.

Anah.

Seraph!
In jedem Strich,
Wo nur jetzt glänzt dein Strahlenkleid,
Ob in des Himmels Höhen du
Mit jenen Sieben[1] wachst in Ruh
Ob durch des Raums Unendlichkeit
Du Welten treibst dem Ziele zu,
Hör' mich!
O denke der, die liebet dich,
Hat sie für dich auch wenig Werth,
Bedenk', daß du ihr zweites Ich.
Du kennst – und niemals sei bescheert
Dir solch ein Leid, wie's mich beschwert –

---

[1] Es soll 7 Erzengel geben und diese die 8. Rangklasse in der himmlischen Hierarchie einnehmen.

Die Bitterkeit der Thränen nicht,
Dir scheinet ja ein ew'ges Licht.
Urschönheit schmückt das Auge dir;
Mitfühlen kannst du nicht mit mir
Als nur in Lieb'. Da weißt du wohl,
Es liebte nie von Pol zu Pol
Ein Ding von Staub so innig hier.
Du wallst durch manche Welt, darfst schaun
Deß Antlitz, der dich groß gemacht,
Wie mich zur niedrigsten der Fraun,
Die er verstieß aus Edens Pracht.
Doch, Seraph, theurer Mann!
O hör' mich an!
Du liebtest mich, und ich möcht' nicht vergehn
Eh' ich nicht weiß, was wissend Tod mir bringt:
Daß du vergißt in deinen Himmelshöhn
Die, deren Herz für dich stets schlägt und klingt.
Unsterblich Wesen! Ja die Lieb' ist groß,
Die Solche fühlt, die sündhaft, furchtsam liebt.
Und das bin ich! In meines Herzens Schooß
Tobt wilder Kampf; jedoch der ird'schen Brust
Die Bangigkeit mein Seraph wol vergibt,
Denn Schmerz ist unser Element
Und Lust
Ein Eden, das wir leider fliehn gemußt,
Wenn auch im Traum das Herz sie manchmal kennt.
Die Stunde bricht herein,
Wo ich empfind', wir sei'n verlassen nicht.
Erschein, erschein!
Mein Seraph, komm
Zu mir, Azaziel mein!
Und laß die Sterne ihrem eignen Licht.

Aholibamah. Samiasa!
Wo immer nur
Du thronst im himmlischen Azur
Und kämpfst mit Geistern auf des Himmels Flur,
Die Streit erregen Ihm,
Der aller Reiche Reich gemacht,

Ob einen Stern du holst, der irrend schoß,
Deß Kinder sinken in des Todes Nacht
Das Schicksal theilend, das dem Staub erfloß,
Ob du dich neigest zu den Cherubim,
Und ihre Hymnen theilst an Elohim,
Samiasa!
Ich rufe dich, harr' dein, und liebe dich.
Dich beten Viele an, das thu' ich nicht,
Wenn sich dein Geist gefesselt fühlt durch mich,
So komm und theil' mein Leben, mein Gericht.
Staub ist mein Angesicht,
Strahl bist du, jed' Atom,
Und Heller als das Licht
In Edens Strom.
Mit wärm'rer Liebe, als ich heg' zu dir,
Kann dein unsterblich Herz erwiedern nicht
Mein heiß Gefühl. Es lebt ein Strahl in mir,
Der, wenn sein Schein auch nicht
Den Leib durchbricht,
Entzündet ward an Gott, und deinem Licht.
Lang mag der Funken im Verborg'nen wehn;
Tod und Verfall hat Eva uns vermacht,
Doch ihnen trotzt mein Herz. Muß ich vergehn,
So wird damit nicht Trennung uns gebracht.
Du bist unsterblich; mich auch tilgt kein Tod;
Ich fühl's, wie mein unsterblich Theil die Plag'
Besiegt, die Thräne, Zeit und Noth,
Und wie der Tiefe ew'ger Donnerschlag
Schallt's:»Du lebst ewig!« an mein Ohr mit Macht.
Doch ob in Lust dies Leben flieh',
Das weiß ich nicht, und möcht' es wissen kaum.
Das ruht bei dem Allmächt'gen noch in Nacht,
Der Glück und Weh verbirgt im Wolkenraum.
Doch dich und mich kann Er zerstören nie;
Er kann uns ändern, doch vernichten? – Nein!
Wir sind aus ew'gem Stoff; und muß es sein,
So kämpfen wir mit Ihm. Mit dir
Theil' Alles, ew'ge Qual selbst, ich.
Du hast das Leben ja getheilt mit mir,

Mich schrecket nicht dein himmlisches Revier.
Nein! und durchbohrte mich
Der Schlange Stich
Und schlängst du wie die Schlange noch
Dich fest um mich, ich lächle doch,
Ich fluche niemals dein!
So heiß sollst du umschlungen sein
Wie – aber komm und prüfe nur
Die Sterbliche, die Liebe schwur
Unsterblichem. Doch beut des Himmels Port
Dir mehr als hier du findest, so – bleib dort!

Anah. O Schwester, Schwester! Sieh' ihr Zug!
    Wie er die Nacht so hell durchbricht!

Aholibamah. Die Wolken fliehn vor ihrem Flug,
    Als trügen sie das Morgenlicht.

Anah. Doch schaut der Vater dies Gesicht –

Aholibamah. Er hält es für des Mondes Licht,
    Der wol auf eines Zaubrers Schwur
    Zu früh heut' aufgegangen nur.

Anah. Sie nah'n! Er naht! Azaziel!

Aholibamah. Entgegen, schnell! O daß mein Geist
    Mich trüge, während er noch kreist,
    An Samiasa's Brust.

Anah. Schau, wie der ganze Westen strahlt,
    Als komm die Sonn' zurück mit Lust.
    Auf Ararats geheimstem Kamm
    Ein zarter Farbenkreis sich malt,
    Ein Rest von ihres Schrittes Flamm'.
    Jetzt sinkt er wieder weg in Nacht,
    Als sei er nur aus Schaum gemacht,
    Wie ihn empor Leviathan
    Aus seiner Tiefe stößt, wo er daheim,
    Wenn er sich oben gütlich hat gethan
    Und wieder dann hinunterschießt zum Schleim,
    Wo alle Quellen ruhn des Ocean.

Aholibamah. Sie stehn! – Samiasa!

Anah. Mein Azaziel! *(Beide ab.)*

Zweiter Auftritt.

Irad und Japhet.

Irad. Verzage nicht! Was gehst du so herum
Und fügst dein Schweigen zu der stummen Nacht,
Und hebst dein thronend Auge zum Gestirn?
Es hilft dir nicht.

Japhet. Doch es besänftigt mich.
Vielleicht auch sie schaut zu den Sternen jetzt.
Mich dünkt, ein schön Geschöpf wird schöner noch,
Wenn es die Schönheit schaut, die ewige
Des Unvergänglichen. – Ach, meine Anah!

Irad. Jedoch sie liebt dich nicht.

Japhet. O Gott!

Irad. Auch mich
Verschmähet stolz Aholibamah's Herz.

Japhet. Ich fühle tief mit dir.

Irad. Laß ihr den Stolz!
Der meine ließ mich ihr Mißachten tragen.
Vielleicht daß mich die Zeit noch rächt.

Japhet. Wie kann
Solch ein Gedanke dich erfreun?

Irad. Er freut
Mich nicht, noch thut er weh'. Ich liebte sie
Gar sehr und mehr noch hätt' ich sie geliebt,
Wenn Liebe Liebe hätt' bei ihr erweckt,
So aber laß ich sie dem glänzendem
Geschick, wie sie wol meint.

Japhet. Welch ein Geschick?

Irad. Ich hab' zu glauben ein'gen guten Grund,
Daß sie 'nen Andern liebe.

Japhet. Wer? Anah?

Irad. Nein, ihre Schwester nur.

Japhet. Und wen?

Irad. Das weiß
Ich nicht; doch ihre Art zu sein, wenn nicht
Ihr Wort, sagt mir, daß sie 'nen Andern lieb'.

Japhet. Doch Anah nicht, die liebt nur ihren Gott.

Irad. Wen sie auch liebt, dich liebt sie sicher nicht.
Was nützt dir's drum?

Japhet. Wahr ist es, nichts. Und doch
Lieb' ich!

Irad. So that auch ich.

Japhet. Und nun liebst nicht
Mehr du? Glaubst nicht mehr sie zu lieben?

Irad. Ja.

Japhet. Du dauerst mich.

Irad. Ich? Und warum?

Japhet. Daß du
Dich glücklich fühlst, weil los von dem, was mich
So elend macht.

Irad. Dein Spott ist offenbar
Beweis von deiner Krankheit nur. Ich möcht'
Nicht sein wie du, um mehr der Sekel nicht,
Als bringen würden unsres Vaters Heerden,
Wenn aufgewogen gegen das Metall
Der Söhne Cains, den gelben Staub, den sie
So gern uns angehängt, als ob man je
Solch nutzlos farblos Zeug, der Erde Satz,
Für Milch und Fleisch, für Woll' und Frucht und Alles,
Was unsre Heerden, was die Wildniß beut,

Vertauschen möcht'. – Geh', Japhet, seufze nur
Die Sterne an, wie's Vieh den Mond anheult,
Ich geh' zur Ruh'.

Japhet. Das thät auch ich, wenn ich
Nur ruhen könnt'!

Irad. So willst du nicht zurück
Zu unsrem Zelt?

Japhet. Nein, Irad! Auf dem Weg
Zur Höhle bin ich, deren Innres sich
Der Sage nach erstreckt zur Unterwelt
Und aufwärts läßt der Erde Geistervolk,
Wenn's auf der Oberfläche wandeln will.

Irad. Weshalb? was willst du dort?

Japhet. Den trüben Geist
Mit gleicher Trübsal sänftigen, und Nacht.
Der Ort ist hoffnungslos und so bin ich.

Irad. Gefährlich ist es dort: Erscheinungen
Und Töne eig'ner Art bevölkern ihn
Mit Schrecknissen. Begleiten will ich dich.

Japhet. Nein, Irad! glaube mir, Gedanken, die
Vom Uebel, hab' ich nicht, noch fürcht' ich Uebles.

Irad. Doch üble Wesen werden um so mehr
Dir feindlich sein, bist du von ihnen nicht.
Geh nicht zur Höhle, oder laß mich mit!

Japhet. Nein, Irad, nein! Allein muß ich dahin.

Irad. So geh' in Frieden, Freund! (*Irad ab.*)

Japhet. In Frieden? Ja,
Ich suchte ihn, wo man ihn finden sollte:
In Lieb' – mit Liebe auch, was ihn verdient
Wol hätt'. Statt dessen kam ein schweres Herz,
Kam geist'ge Schwäche, manch verdrossener Tag
Und Nächte, die kein süßer Schlaf erquickt,
Auf mich herein. Wo ist denn dieser Frieden?

Die Ruhe der Vernichtung nur, die Stille
Des unbetret'nen Walds, die kaum der Sturm,
Wenn ächzendes Gezweigs er durchfegt,
Je unterbricht. So ist der düstere,
Der Fieberzustand der erschöpften Seele.
Die Erde ist verderbt und viele Zeichen
Und Wunder deuten bald'gen Wechsel an,
Ein allzermalmendes Gericht der Wesen,
Die da vergänglich sind. O meine Anah!
Wenn jene Schreckensstunde dann die Quellen
Der Tiefe öffnet, wie geschützt, wie sicher
Hätt'st vor der Elemente Wüthen du
An dieser Brust geruht, der Brust, die ach!
Vergebens jetzo für dich schlägt und dann
Noch hoffnungsloser schlagen wird, wenn du
– O Gott! Sie wenigstens zerschmett're nicht
In deinem Zorn! denn sie ist rein inmitten
Der Sünde dort: ein Stern in Wolkennacht,
Der nicht erlischt, wenn für ein Weilchen auch
Sie ihn bedeckt. – Ach, meine Anah! ach
Wie hätt' ich angebetet dich, doch du
Wollt'st nicht! Und heut' noch würd' ich dich erlösen,
Dein Leben retten, wenn der Ocean
Die Erd' begräbt und ungehemmt von Fels
Und Moor, Leviathan der Herrscher wird'
Der uferlosen See, der Wasserwelt
Und staunt ob seines Reichs Unendlichkeit. *(Japhet ab.)*

Noah und Sem treten auf.

Noah. Wo ist dein Bruder Japhet?

Sem. Wie er gewohnt,
Besuchte Irad er – so sagte er;
Doch fürcht' ich sehr, er lenkte seine Schritte
Zu Anah's Zelt, um das er nächtlich streift.
Vielleicht auch wandert durch die Wildniß er
Nach jener Höhle tief im Ararat.

Noah. Was thut er dort? Das ist ein böser Ort
Auf dieser bösen Erd', denn Schlimm'res
Als schlimme Menschen noch versammelt sich
Daselbst. – Daß er sie stets noch liebt, dies Kind
Des sträflichen Geschlechts! Er dürfte ja,
Selbst wenn sie ihn, was nicht der Fall, geliebt.
Sie nimmermehr erwählen doch zum Weib!
O dieses unglücksel'ge Menschenherz!
Daß Einer meines Bluts, der doch
Das Schicksal dieser Tage kennt; der weiß,
Wie nah die Stund', so nach Verbot'nem strebt!
Komm, führe mich! Er muß gefunden werden.

Sem. Nicht weiter, Vater! ich will Japhet suchen.

Noah. Fürcht' nichts für mich: das Böse kann dem Mann,
Den sich Jehovah auserwählt, nicht bei.
Voran!

Sem. Zum Zelt des Vaters dieser Schwestern?

Noah. Nein, zu dem Höllenschlund des Kaukasus. *(Noah und Sem ab.)*

Dritter Auftritt.

Gebirge. Höhle und Felsen des Kaukasus.

Japhet*(allein)*. Wildniß, die endlos scheint, und Höhle du,
Die unergründlich gähnt, und du, Gebirg',
So mannichfaltig und so furchtbar schön.
In deiner rauhen Felsenmajestät,
Wo Bäume wachsen aus so jähem Hang
Daß zittern würd' des Menschen Fuß, kam' er
Dahin, wie ewig siehst du aus! Und doch
In wenig Tagen schon, vielleicht in Stunden
Bist von der Wassermenge du verrückt,
Zersprengt, dahingeschwemmt, und diese Höhle,
Die in die Unterwelt zu führen scheint,
Wird tief hinab durchwühlt sein von der Flut;
Delphine schwimmen in des Löwen Nest

Und ach! der Mensch – mein Mitgeschöpf, der Mensch,
Wer wird dann weinen an dem großen Grab?
Nur ich!! Wer ist sonst übrig noch zu weinen?
Ach meine Freunde! bin ich besser denn
Als ihr, daß ich euch überleben soll?
Wo werden dann die theuern Plätzchen sein,
Wo, als ich hoffte. Anah's ich gedacht?
Wo jene Orte, wen'ger kaum geliebt,
Im öden Plan, wo ich geklagt um sie?
Ist's möglich denn? Soll jener hohe Firn,
Deß Spitze glänzt wie ein entfernter Stern,
Versinken tief in Meer's gefräß'gem Schlund?
Soll nimmermehr die Morgensonne nahn,
Des Nebels lange Schleier wegzuglühn
Von seiner mächt'gen Stirn? Soll nimmermehr
Am Abend sich des Tages breit Gestirn
Wenn's ihn gekrönt mit seiner Farben Kranz,
Verstecken hinter seinem Haupt? Soll nimmer
Er Leuchtthurm sein der Welt, wo als dem Ort,
Der Sternen nächst, die Engel niedersteigen?
Und soll dies »Nimmermehr« auch dir und Allen,
Nur uns nicht gelten und den wen'gen, Thieren,
Die auf des Herrn Geheiß mein Vater noch
Zurückgestellt? Darf er denn sie erhalten,
Mir aber soll es nicht gestattet sein,
Die lieblichste der Erdentöchter dem
Gerichte zu entziehn, dem Schlangen selbst
Entgehn, daß fort sie pflanzen ihre Art?
Damit sie stechen in der neuen Welt,
Die naß und dampfend aus dem Schlamm einst steigt,
Der über all den Trümmern schlummern wird,
Bis dann der salzige Morast sich setzt
Als einzig Denkmal unterm Sonnenlicht
Als öder Grabeshügel der Myriaden,
Die heute noch so voll von Leben sind.
O wie viel Athem wird auf einmal stocken!
Du schöne Welt, die der Vernichtung schon
Geweiht, ich schaue mit zerriss'ner Brust
Dich täglich, nächtlich an und deine Tage

Und Nächte, die gezählt! Ich kann nicht dich,
Kann Sie selbst nicht erretten, deren Lieb'
Mir größ're Liebe eingeflößt zu dir.
Doch als ein Theil von deinem Staub kann ich
Des nahenden Gerichts nicht denken, ohne
Daß ich empfind' – o Gott! wie kannst du nur – ? *(Er hält inne.)*

(Aus der Höhle tönt ein Rauschen und Gelächter. Später erscheint ein Geist.)

Japhet. Im Namen des Allmächt'gen! Wer bist du?

Geist*(lacht)*.

Japhet. Bei allem Heiligsten der Erde, sprich!

Geist*(lacht)*.

Japhet. Bei jener Sündflut, die uns naht! Der Erde,
Die von dem Meer verschlungen werden wird!
Bei jener Tiefe selbst, die ihre Schleußen
Bald all' erschließt! Beim Himmel, der die Wolken
In Seee wandelt! beim Allmächtigen,
Der schafft und auch zerstört! Du unbekannt,
Furchtbares, unbestimmtes Schattenbild!
Entsetzliches, gib Antwort mir! Warum
Lachst du dies schreckliche Gelächter? sprich!

Geist. Und wen beweinst denn du?

Japhet. Die Erde und
Der Erde Kinder all!

Geist*(lacht und verschwindet)*.

Japhet. Wie spottet doch
Der böse Feind der Qualen dieser Welt,
Der künftigen Zerstörung eines Sterns,
Wo bald die Sonne aufgehn und kein Leben
Mehr wärmen wird! D« Erde schläft und Alles,
Was in ihr ist, schläft an des Todes Rand.
Was sollten sie erwachen seinethalb? –

– – – Was kommt hier, das wie Tod ins Leben schaut?
Und spricht wie Wesen, die v o r dieser Welt,
Die sterben muß, erzeugt? – Sie nahn wie Wolken.

(Mehrere Geister kommen aus der Höhle.)

Ein Geist.

O jubelt laut!
 Die gottverfluchte Art,
 Die ihren Platz in Eden nicht bewahrt,
 Vielmehr der Stimm' vertraut
 Des Wissens ohne Macht,
 Ist nah' gebracht
 Dem Tod.
 Nichtlangsam, Mann für Mann, durch Schwert und Gram,
 Durch Jahre, Jammer und die Macht der Zeit
 Schleicht er heran. Ihr letzter Morgen kam,
 Dem Wasser ist die Erd' geweiht.
 Auf Sein Gebot
 Haucht auf den Wogen bald nur Wind,
 Des Engels Schwinge findet keinen Stand,
 Kein Felsen steigt aus Wassers Labyrinth,
 Daß die Verzweiflung einen Fleck gewinnt,
 Wo freilich nur das Ende ihrer harrt,
 Nachdem sie lange übers Meer gestarrt,
 Ob nicht die Ebbe reich' die Rettungshand.
 Das All wird leer,
 Tod ringsumher!
 Ein neues Element tritt ein
 Und wird der Herr des Lebens sein,
 Des Staubs verhaßtes Volk erliegt,
 Die blaue Farb' nur bleibt und siegt;
 Und von den Bergen da und dort
 Bleibt keiner mehr an seinem Ort
 Und auch die Eb'ne schwimmet fort!
 So hoch der Ceder Haupt auch mißt,
 Die große Flut die höchsten frißt.
 Mensch, Erde, Feuer wird vergehn
 Nur Himmel und die See der See'n

Leblos ins Aug' des Ew'gen sehn.
Wer bauet auf der Wasser Graus
Ein wohnbar Haus? –

Japhet(*tritt vor*).

Des Vaters That!
    Nicht sterben soll der Erde Saat,
    Das Böse nur wischt das Gericht
    Vom Tageslicht.
    Hinweg, du wüste Teufelsbrut,
    Mit deinem jubelnden Gebell,
    Weil Gott, was du nicht wagtest, thut!
    Hinweg! mach' schnell
    Nach deiner Höhle tiefstem Grund,
    Bis in den Schlund
    Die Welle eindringt, nach dir spürt
    Und dich heraus, du düstre, führt,
    Zu rollen dich auf Wind und Schaum
    Ruhlos und elend durch den Raum!

Geist.

Du, des Verschonten Sohn!
    Wenn du und dein Geschlecht entflohn
    Dem weiten, wilden Element,
    Das von der Tiefe aufwärts rennt,
    Wirst du dann, gut und glücklich? Nein!
    Voll Weh wird dann die neue Welt auch sein.
    Ihr werdet nicht so schön, so alt
    Wie dieser Riesen Hochgestalt,
    Die, stolz noch auf der Erde wallt,
    Der Engel Söhn' von Frauen hier.
    Vom Einst bleibt nur die Thräne dir.
    Schämst du dich nicht,
    So übrig hier zu sein?

    Zu essen, trinken und zu frein?
    Mit einem Herzen, das so ganz ein Wicht,
    Daß selbst der Welt Vernichtung es nicht bricht,
    Da dich der Jammer eher treiben sollt',

Zu harren, bis die Todeswelle naht,
Als Schutz zu suchen, wo dein Vater rollt,
Und über Gräbern streuen deine Saat?
Wer möchte überleben sein Geschlecht?
Nur der gemeine, nur der blinde Knecht.
Und mein's
Haßt dein's
Als eine andre Gattung in der Welt
Und nicht uns zugesellt.
Von uns ließ Jeder einen leeren Thron
Im Himmel stehn, zu wohnen fern davon,
Nur daß in Noth der Freund nicht sei allein.
Geh, Niedriger! und gib
Dein elend Leben Andern – leb' und lieb'!
Und bricht das Wasser brüllend nun herein
Ob der gerichteten Region,
Dann neide jene Riesen, die entschwebt,
Verachte deinen Vater, der noch lebt
Und dich, weil du sein Sohn!

Chor der Geister *(aus der Höhle hervorschwebend).*

O jubelt laut!
Kein Menschenlaut
Stört unsre Freuden früh und spät
Mehr durch Gebet!
Vorbei
Ist's mit der Beterei!
Und wir, die dem gebetesücht'gen Herrn
Damit stets blieben fern,
Obschon ein Opfer nicht gebracht
Als Sünde wird von Ihm eracht't,
Wir werden schaun, wie bald der Tiefe Quell,
E i n Element das Werk vernichtet schnell,
Das Alle einst gemacht;
Wie die Geschöpfe, stolz auf ihren Staub,
Zu Grunde gehn und ihr gebleicht Gebein
Bis in der Berge Höhlen schwimmt hinein,
Das Meer, ihm nach, verschlingend seinen Raub,
Wo in Verzweiflung selbst das Thier

Sich und den Menschen angreift nimmermehr,
Wo bei dem Lamm sich streckt des Tigers Gier
– Zu sterben dort – als ob's sein Bruder wär'.
Bis Alles wieder ist, was es einst war,
Stumm, ungeschaffen, nur der Himmel klar.

Auf kurze Zeit
Wird dann vom Tod
Der Schöpfung kleiner Rest befreit,
Daß eine neue Welt aus ihm gedeiht,
Und dieser Rest, der in dem Boot
Hoch über Fluten schwimmt und Moor,
Bis aus dem Schlamme eine Welt hervor
Die heiße Sonne treibt, gibt dann der Zeit
Ein neu Geschlecht, neu Siechthum, Herzeleid,
Und neue Sünden, Haß und Thätigkeit,
Bis einst –

Japhet(*unterbricht sie*).

Des Ew'gen Rath
Den Traum von bös und gut
Erklärt, in seine Hut
Erlösend nimmt der Zeiten, Dinge Saat,
Zu sich empor die Hölle rafft
Und ab sie schafft
Und wieder her dann der versöhnten Welt
Die alte Schönheit stellt,
Ein Eden schenkt, ein endlos Paradies,
Wo dann der Mensch nicht mehr wie eh'dem fällt,
Und selbst der Teufel Gutes thut gewiß.

Geister. Und wann soll dieses Wunder denn qeschehn?

Japhet.

Wenn der Erlöser kommt, zuerst in Pein
Und dann in Glorienschein.

Ein Geist.

Bis dahin müßt ihr euch in Ketten drehn
    Durch eine lange Zeit,
    Mit euch, mit Höll' und Himmel sein im Streit,
    Bis roth die Wolken sehn
    Vom Blut, das dampft von manchem Schlachtgefild.
    Zeit, Land und Kunst und Menschen sind wol neu,
    Doch alt die Thrän', die Sünde und die Reu',
    So mancherlei auch ihre Form, ihr Bild.
    Es werden Stürme sittlicher Natur
    Die Zukunft fegen, wie die Welle wild
    In wenig Stunden tilgt der Riesen Spur.[2]

Chor der Geister.

Ihr Brüder, jauchzt mit mir,
    Ihr Sterblichen, Ade!
    Horch! horch! schon hören wir,
    Wie brüllend wächst die See,
    Der Wind reckt seine Flügel aus,
    Die Wolken kommen schon zu Hauf,
    Die Schleußen in der Tiefe Haus,
    Des Himmels Fenster Das ist der Tag, da aufbrachen alle
    Brunnen der großen Tiefe und thaten sich auf die Fenster des
    Himmels. 1. Buch Mos. 7. Cap. 11. thun sich auf,
    Der Mensch nur schaut die Zeichen all
    Und ist noch blind wie vor dem Fall.
    Wir hören klar, was er nicht hört,
    Den Donner, der ihn bald zerstört.
    In wenig Stunden ist er da,
    Sein blitzend Banner, noch bedeckt,
    Ist ihm schon nah,
    Der Geister Aug' hat's schon entdeckt.
    Heul', heule, Erd'!
    Tod ist dir näher als Geburt.
    Erbebt, ihr Berge, bald der Herd
    Der Meeresflut, die euch umknurrt.
    Die Welle bricht an eurer Wand

---

[2] Und wurden daraus Gewaltige in der Welt und berühmte Leute, 1. Buch Mos. 6. Cap. 4.

Und Muscheln aus des Meeres Sand
Ins Nest sie schwimmen zu des Adlers Brut.
Wie wird er kreischen ob der bösen Flut
Und seinen Jungen schreien mit Gegell,
Doch Niemand wird erwidern als die Well',
Indeß der Mensch ersehnt sein Schwingenpaar,
Das ihn doch nicht entrisse der Gefahr.
Wo könnt's auch ruhn? Ihm zeigt der weite Raum
Ja nur sein Grab, der Tiefe weißen Schaum.
Ihr Brüder, jauchzt empor,
Laut töne unser überird'scher Chor!
Zu End' mit Allen geht's.
Nichts bleibt als nur der kleine Rest:
Der Samen Seth's
Für künft'gen Jammer, später uns ein Fest.
Jedoch von Cain's Söhnen all
Bleibt Keiner mehr;
Die Töchter, die so schön und hehr,
Sie sinken in der Wasser Schwall,
Sie schwimmen auf der Wellen Bahn
Und klagen stumm den Himmel an,
Daß Wesen er nicht schonen wollt',
Die noch im Tod so hold.
Beschlossen ist ihr Fall:
Sie sterben all',
Und nach dem letzten großen Schrei
Kommt tiefstes Schweigen an die Reih'.
Verlaßt den Ort,
Doch jubelt fort.
Erst fielen wir,
Jetzt fallen sie,
So sinken hier
Des Himmels Feind', die uns doch liebten nie.

(*Die Geister fliegen aufwärts und verschwinden.*)

Japhet (*allein*). Gott hat der Erde Schicksal festgestellt.
    Des Vaters Arche hat es laut verkündet,
    Die Teufel selbst aus ihren Höhlen schrein's

Empor, und Enoch's[3] Stimme hat es lang
Vorhergeweissagt in prophet'schem Buch,
Das mehr dem Geist mit stummen Zeichen sagt
Als Donner unsrem Ohr. Jedoch der Mensch
Gab Achtung nicht darauf und gibt's noch nicht.
Im Dunkeln wallt er hin zu dem Gericht,
Das schon so nah' und doch so wenig ihn
Aus seiner störrigen Ungläubigkeit
Erweckt, als bald sein letzt Geschrei an dem
Entschlusse des Allmächtigen und an
Dem Meere rütteln wird, das ihn vollführt.
Noch hängt kein mahnend Zeichen in der Luft,
Gewölk' gibt's wenig und gewohnter Art.
Die Sonne steigt am letzten Erdentag
So schön wie an dem vierten einst empor,
Als Gott zu ihr sein: »Leuchte!« sprach, und sie
Die Dämmerung durchbrach, doch da noch nicht
Den ungeschaffnen ersten Menschen traf,
Vielmehr noch vor dem menschlichen Gebet
Die frühern süßen Vögelstimmen rief,
Die unterm weiten Himmelsfirmament
Mit Engelsschwingen fliegen, und wie sie
Noch vor den Menschen täglich Gott begrüßen.
Ihr Morgen nahet jetzt: im Osten flammt's,
Sie werden singen und der Tag bricht an,
Doch beide sind dem Schreckensende nah!
Denn sie auch werden mit erschöpften Schwingen
Zur Tiefe sinken, und der Tag, der erst
So wen'ge Morgen dieser Welt begrüßt,
Zwar neu erstehn, doch ach! für was? für wen?
Für's Chaos nur, das war, eh's Tage gab,
Und das, erneut, die Zeit zu Nichte macht;
Denn was sind ohne Leben dann die Stunden?
Nicht mehr dem Staube, als die Ewigkeit
Jehovah ist, der Beide einst erschuf.
Selbst Ewigkeit wär' ohne Ihn ja leer,

---

[3] Die Aethiopier bewahren das Buch Enochs, welches nach ihrem Glauben aus der Zeit vor der Sündflut stammt.

So ohne Menschen stirbt die Zeit, die ja
Für Menschen ist gemacht und wird verschluckt
Von jenem Meer, das keine Quelle hat;
Wie ihr Geschlecht von dem verschlungen wird,
Das ihre junge Welt ertränkt. – Jedoch
Was hebt sich hier? Gebild von Erd' und Luft?
Nein! – von dem Himmel wol, denn es ist schön.
Zwar kann ich ihre Züge nicht erspähn,
Doch ihre Form, wie lieblich schwebt sie hin
Am grau'n Gebirg, zerstreuend seine Nebel!
Und nach dem schwarzen wilden Geisterchor,
Deß höllische Unsterblichkeit vorhin
Die wüste Hymne des Triumphes sang,
Sind sie willkommen mir wie's Paradies.
Vielleicht sie wollen eine Frist, wie ich
So oft für diese Welt erfleht, uns künden.
Sie nahn. O Gott! und Anah, und mit ihr –

Samiasa, Azaziel, Anah und Aholibamah treten auf.

Anah. Japhet!

Samiasa. Sieh da ein Adamssohn!

Azaziel. Was thut
    Der Erdgeborne hier, da sein Geschlecht
    In Schlummer ruht?

Japhet. Was thust du, Engel, hier,
    Da du dort Oben solltest sein?

Azaziel. Wie? weißt
    Du nicht, hast du vergessen, daß ein Theil
    Von unsrem Amt der Erde Obhut gilt?

Japhet. Doch alle guten Engel haben ja
    Die Erde, die verdammt ist, längst verlassen,
    Ja selbst die bösen fliehn den nahen Sturm.
    O Anah, Anah! meine lang, umsonst
    Und ewig doch Geliebte, sprich! warum
    Gehst du mit diesem Geist zu einer Zeit,
    Da hier kein guter Geist mehr weilt?

Anah. Japhet!
Ich kann dir keine Antwort geben; doch
Verzeih'!

Japhet. Mög' dir der Himmel, der wol bald
Nicht mehr verzeiht, verzeihn; denn schwer bist du
Versucht.

Aholibamah. Du frecher Noahsohn! zurück
Zu deinem Zelt. Wir wissen nichts von dir.

Japhet. Die Zeit wird kommen, wo du wol von mir
Was wissen möcht'st; wo deine Schwester froh
Erkennen wird, daß ich derselbe bin.

Samiasa. Du Sohn des Patriarchen, der bisher
Aufrecht vor seinem Gotte war, was immer
Dein Wesen sei und was dein Wort mit Schmerz
Und Aerger färb', was hat Azaziel,
Was hab' ich selbst Unrechtes dir gethan?

Japhet. Das größte Unrecht, das es gibt. Doch du
Hast Recht gehabt: sie ist zwar Staub, doch ich
Verdient' sie nicht. – So leb' denn, Anah, wohl!
So oft hab' ich das Wort gesagt, nun sag'
Ich's nimmermehr. – Du, Engel, oder was
Du bist! Hast du die Macht, dies schöne Kind,
Nein! diese schönen Kinder Cains zu retten?

Azaziel. Wovon?

Japhet. So weit ist es? Auch ihr wißt's nicht?
O Engel, Engel! Dieser Menschen Sünd'
Habt ihr getheilt; wer weiß, ob ihr jetzt nicht
Auch ihre Strafe theilt! – Doch meinen Schmerz
Gewiß.

Samiasa. Schmerz? Niemals hörte ich bis heut',
Daß mir ein Adamit in Räthseln sprach.

Japhet. Und hat der Höchste sie euch nicht enthüllt?
Dann seid ihr auch wie diese hier verloren.

Abolihbamah. Gleichviel! Wenn sie, wie sie geliebt sind, lieben,
    Dann werden vor der Sterblichkeit so wenig
    Erzittern sie, als ein unsterblich Leid
    Ich nicht mit Samiasa wagen wollt'.

Anah. O Schwester, Schwester! Sprich nicht so!

Azaziel. Hast Furcht
    Du, meine Anah?

Anah. Ja, für dich! Ich würd'
    Verzichten lieber auf des Lebens Rest,
    Als daß den Schmerz du eine Stunde nur
    Erfahren müßt'st in deiner Ewigkeit.

Japhet. Um ihn also, um diesen Seraph da
    Gabst du mich auf? Das wäre nichts, hätt'st du
    Damit nicht deinen Gott auch aufgegeben;
    Denn solch ein Bündniß einer Sterblichen
    Mit Einem, der unsterblich, kann nicht gut,
    Nicht glücklich sein. Wir sind zur Arbeit und
    Zum Tod auf diese Welt gesandt; ihr Amt
    Heißt aber Dienst beim Allerhöchsten dort.
    Doch wenn er dich erretten kann, so ist
    Die Stunde nah, wo Himmelshilfe nur
    Es noch vermag.

Anah. Er spricht vom Tode – ach!

Samiasa. Vom Tod; zu uns? zu denen, die mit uns?
    Wenn nicht so traurig blickte dieser Mann,
    Müßt' lächeln ich.

Japhet. Ich traure nicht um mich,
    Fürcht' nicht für mich; denn ich bin sicher ja.
    Zwar nicht ob meines eigenen Verdiensts,
    Vielmehr nur meines guten Vaters halb,
    Der so gerecht vor Gott befunden ward,
    Daß Rettung ihm mit seinen Kindern winkt.
    O ginge weiter sein Erlösungsrecht!
    Könnt' ich mit meinem Leben ihr's erkaufen!
    Ihr's, die allein mich glücklich machen könnt',

Der letzten, lieblichsten von Cain's Geschlecht!
O dürfte in die Arche sie mit uns,
Die nur den Samen Seths erretten soll!

Aholibamah. Und glaubst denn du, daß wir, die Cains Geblüt,
Des ält'sten Menschensohns, des starken Cain,
Der noch im Paradies empfangen ward,
Im Herzen tragen, uns mit Seeths Geschlecht
Vermischen möchten, dieses schwachen Seth,
Den Adam, als schon altersschwach, gezeugt?
Nein, nein! und gält's der ganzen Erde Heil!
Von Anfang an blieb unsre Rasse fern
Der deinigen, und so soll's bleiben auch.

Japhet. Mit dir, Aholibamah, sprach ich nicht!
Zu viel von jenem Ahn, mit dem du prahlst,
Kam in dein stolzes Blut, das dem entsprang,
Der einst das erste, seines Bruders, Blut
Vergoß. Doch meine Anah, du! – 0 laß
Mich »mein« dich nennen, bist du gleich es nicht!
Ich kann von diesem Worte mich nicht trennen,
Muß ich es gleich von dir! – O meine Anah!
Die du mich eher träumen läßt, daß Abel
Ein Töchterlein gehabt, und daß in dir
Ihr rein und fromm Geschlecht sich weiterpflanzt,
Die du so anders bist als jener Rest
Des finstern Caingeschlechtes, dem du nur
An Schönheit gleichst, denn schön sind sie ja alle –

Aholibamah (*unterbricht ihn*). Und möchtest du, sie sollt' an Geist,
an Seele
Dem Feinde unsres, Vaters ähnlich sein?
Wenn dein Gedanke Eingang bei mir fänd',
Wenn ich nur träumen könnte, daß in ihr
Von Abel lebte eine Spur –! O heb'
Dich weg, du Noahsohn! Du weckest Groll!

Japhet. Dein Ahne that es, Tochter Cains!

Aholibamah. Doch Seth
Erschlug er nicht, und was hast du zu thun
Mit jener That, die zwischen Gott und ihm?

Japhet. Du sagst's: sein Gott hat ihn gerichtet – gut!
Nie hätt' ich seine That genannt, wenn du
Dich seiner nicht gerühmt, und selbst vor dem,
Was jener that, dich nicht zu scheuen schienst.

Aholibamah. Er war der Vater unsres Vaters ja,
Der älteste, der stärkste, tapferste,
Ausdauerndste, den je ein Weib gebar.
Soll ich ob Dem erröthen, der das Sein
Uns gab? Sieh unsre Rasse an! Betracht'
Die Größe, Schönheit, Stärke und die Zahl
Der Tage dir –

Japhet. Sie sind gezählt!

Aholibamah. Gut denn!
Jedoch so lang noch ihre Stunden gehn,
Will ich der Brüder mich, der Väter rühmen.

Japhet. Mein Vater und mein Stamm rühmt seinen Gott
Allein. – Und Anah, du?

Anah. Was immer Gott
Beschließt, der Gott von Seth und Cain, ist mir
Befehl. Demüthig ihm zu folgen will
Ich mich bemühn. Doch darf ich was erflehn,
In dieser Stund' des Weltenstrafgerichts
(W e n n eines naht!), so wär' es nicht, daß ich
Von meinem Hause einzig übrig blieb.
O Schwester, Schwester mein, was wär' die Welt,
Was andrer Welten schönste Zukunft mir,
Verlöre ich das süßvergang'ne Glück,
Und deine, Vaters Lieb', dies ganze Leben,
Die Dinge all, die vor mir aufgetaucht
Wie Stern' und mir dies trübe Sein erhellt
Mit sanftem Lichtglanz, der doch mein nicht war!
Aholibamah! wenn's noch Gnade gibt,

So such' und finde sie! Ich hass' den Tod,
Nur weil er dir auch droht.

Aholibamah. Wie? Hat der Mann
Mit seines Vaters Arche, dem Popanz,
Den der die Welt zu ängstigen gebaut,
Auch dich erschreckt? Sind wir von Seraphs nicht
Geliebt? Und wär's auch nicht so, müssen wir
An einen Noahsohn uns hängen, um
Dies Leben hier? Nein! eher soll – – Jedoch
Der Träumer träumt den schlechtesten der Träume,
Den hoffnungsloser Liebe Fieberglut
Im Geiste ihm erzeugt'. Was soll das Urgebirg'
Erschüttern hier, der Erde festen Grund?
Wer dem Gewölk gebieten und der Flut,
In andrer Form zu treten in die Welt,
Als wir und unsre Väter sie gesehn
In ihrem ew'gen Lauf? Wer soll das thun?

Japhet. Er, der sie schuf mit einem einz'gen Wort.

Aholibamah. Wer hat das Wort gehört?

Japhet. Der Erdenkreis,
Der ihm entsprang. Du lächelst spöttisch noch?
Geh', frag' die Seraphs! Wenn sie's nicht bezeugen,
So sind sie's nicht.

Samiasa. Aholibamah! komm',
Bekenne deinen Gott.

Aholibamah. Stets, Samiasa,
Hab' unsern Herrn als deinen, meinen Schöpfer
Und als den Gott der Liebe ich begrüßt,
Doch nicht des Grams.

Japhet. Ach was ist Liebe anders?
Auch Er, der diese Welt in Liebe schuf,
Ward durch die ersten Menschen schon betrübt,
Die besser doch als wir.

Aholibamah. Man sagt's.

Japhet. 'S ist so.

Noah und Sem treten auf.

Noah. Was thust du bei der Bösen Kindern hier,
  Japhet? Bedenkst du nicht, wie nahe ihr
  Gericht?

Japhet. O Vater, 's kann nicht Sünde sein, wenn man
  Ein Menschenkind zu retten sucht. Und sieh'!
  Die können nicht so sündhaft sein, da sie
  Mit Engeln gehn.

Noah. So seid von denen ihr,
  Die Gottes Thron verließen, um sich Weiber
  Aus Cains Geschlecht zu nehmen? Himmelsöhne,
  Die Erdentöchter suchen, weil sie schön?

Azaziel. Du sagst es, Patriarch!

Noah. Dann wehe euch!
  Weh' der Genossenschaft! Schob seinen Riegel
  Der Herr nicht selber zwischen Erd' und Himmel,
  Beschränkend beide, Art auf Art?

Samiasa. Und ward
  Der Mensch nicht zu Jehovah's Bild gemacht?
  Und liebte Gott nicht selbst, was Er gemacht?
  Was thun wir anders als Ihn ahmen nach
  In seiner Liebe zur erschaffnen Liebe?

Noah. Ich bin ein Mensch nur und nicht aufgestellt,
  Das Menschenkind zu richten oder gar
  Die Söhne Gottes; doch weil unser Gott
  Mich würdig fand, sein Urtheil zu vernehmen,
  So sag' ich euch, daß es nicht gut sein kann,
  Wenn sich ein Seraph von dem ew'gen Sitz
  Hernieder läßt zu dieser flücht'gen Welt
  Und gar am Abend vor dem Untergang.

Azaziel. Doch wie, wenn wir zu ihrer Rettung da?

Noah. Selbst ihr in eurer Herrlichkeit könnt das,
Was Er, der euch so herrlich schuf, verdammt,
Nicht retten mehr. Wär' Rettung eures Amts,
So ward die Gnade aller Welt zu Theil,
Nicht Zweien nur, so schön sie immer sind;
Denn schön sind sie, doch darum wen'ger nicht
Verdammt.

Japhet. O Vater, sprich nicht so!

Noah. Mein Sohn!
Wenn du nicht theilen willst ihr Loos, vergiß,
Daß sie bestehn; sie werden's bald nicht mehr,
Indeß du Vater einer neuen Welt
Und bessern wirst.

Japhet. O laß mit dieser hier,
Mit diesen sterben mich!

Noah. Du solltest's wol,
Da Solches du nur denken kannst; doch du
Wirst's nicht: Er löst dich, der erlösen kann.

Samiasa. Und warum ihn und dich, und jene nicht,
Die über sich dein Sohn doch setzt, und dich?

Noah. Das frage Den, der größer dich als mich
Und als mein Haus gemacht, doch ebenso
Zu seiner Allmacht Unterthan. Doch sieh'!
Sein sanftester, sein reinster Bote naht.

Der Erzengel Raphael tritt auf.

Raphael. Ihr Geister!
Die ihr daheim beim ew'gen Licht,
Was thut ihr da?
Erfüllt ihr so des Seraphs Pflicht?
Wo schon die Stunde nah,
Da Erde soll allein vor das Gericht!
Kehrt um
Und singt im Heiligthum,

Mit jenen »Sieben« betet dort,
Bei Gott ist euer Ort.

Samiasa. O Raphael!
Du erster, schönster Sohn des Herrn!
Seit wann ist es Gebot,
Daß Engel meiden diesen Stern?
Hat nicht selbst Zebaoth
Die Erde oft besucht und gern,
Die er geliebt, zur Liebe schuf?
Wie oft auf seinen hohen Ruf
Ward unsre Schwinge froh bewegt zur Erd'!
Wir haben Ihn in seinem Werk geehrt,
Wir wachten treu ob diesem jüngsten Stern,
Der letzten Schöpfung, die sein Wort verklärt,
Sie würdig zu erhalten unsrem Herrn.
Warum so strenge deiner Stimme Klang?
Was sprichst du uns von nahem Untergang?

Raphael. Wenn Samiasa und Azaziel war,
Wo ihre Stelle bei der Engel Schaar,
So sahen sie
In Flammenguß
Jehovah's heiligen Beschluß
Und fragten mich um seinen Willen nie.
Doch »nicht zu wissen« war von je
Der Sünd' Beginn,
Selbst Geisterweisheit sagt Ade,
Verschanzt sie sich hierin;
Denn blind
Ist immer Lasters Kind.
Als jeder gute Engel ließ die Erd',
Blieb ihr, von Leidenschaft verzehrt;
Ihr machtet euch mit Weibern hier gemein,
Doch soll der Fehler euch verziehen sein
Und ihr gereiht, wo eure Brüder sind.
Nun aber fort von hier!
Die Ewigkeit verlört' durch Säumen ihr.

Azaziel. Doch wenn die Erde so verboten ward
Durch jenen Spruch,
Den man bis jetzt uns nicht geoffenbart,
Ist's nicht gleich schwerer Bruch,
Daß du noch weilest hier?

Raphael. Ich soll euch holen nach des Himmels Port
Im Namen Gottes, auf Sein heilig Wort.
Ihr Theuersten! kaum wen'ger theuer mir
Durch meinen Auftrag; wenn bis jetzt wir dort
Zusammen zogen durch den ew'gen Raum,
So wollen wir auch künftig also ziehn.
Die Erde stirbt; in ihren Schooß dahin
Sinkt ihr Geschlecht nach kurzem Wonnetraum.
Doch muß der Erde Schöpfung oder Fall
Denn eine Lücke reißen, in die Reihn
Von uns Unsterblichen – unsterblich all,
Wenn ihre Schuld auch noch so ungemein?
Auch Bruder Satan fiel! Sein heißer Wahn
Wollt lieber leiden, als stets beten an.
Ihr aber, Seraphs, die noch rein,
Und nicht so groß wie dieser größte Geist,
Bedenkt, wie furchtbar er entgleist!
Bedenkt, daß, wo die Lust auch letzt,
Sie doch den Himmel nicht ersetzt.
Ich kämpfte lang
Und muß es noch
Mit Jenem, der es hielt für Zwang,
Daß er erschaffen ward, und Ihm
Sich beugen sollt' im Kreis der Cherubim,
Der ihn erhöht wie eine Sonne doch,
Erzengel selbst verdunkelnd neben ihm!
Ich liebte ihn, er war so schön!
Wer außer Ihm, der ihn gemacht,
War Satan gleich an Schönheit und an Macht?
O daß was ihn gestürzt von seinen Höhn,
Vergebung fänd'! Der Wunsch ist Blasphemie,
Doch warn' ich euch, die ihr noch frei von Pein:
Ihr habt die Wahl, bei ihm, bei Gott zu sein.

Er hat euch nicht versucht, er kann es nie,
Die Engel werden nicht von ihm bethört;
Jedoch der Mensch hat oft auf ihn gehört,
Ihr auf das Weib! Schön ist ihr Leibesguß,
Der Schlange Laut so fein nicht wie ihr Kuß.
Die Schlange fing nur Staub; sie fängt im Netz
Des Himmels Sohn, zu brechen sein Gesetz.
Drum flieht bei Zeit,
Ihr seid dem Tode nicht geweiht,
Doch sie vergehn,
Verwehn,
Indeß den Himmel ihr mit Klagen füllt
Um Thon, der doch vergeht,
Wenn länger auch sein Bild in euch besteht,
Als jene Sonne, die den Tag enthüllt.
Bedenkt, wie anders euer Wesen ist,
In Allem, nur im Leiden nicht. Warum
Der Qual verfallen, die an ihnen frißt,
Die schwer von Sorgen und von Jahren krumm
Und die der Tod, der Erde Herr, umfaht?
Selbst wenn sie, nicht von Gottes Zorn gehemmt,
Zum Staub durchringen müßten ihren Pfad,
Sie wären doch von Schuld und Schmerz beklemmt.

Aholibamah. Sie mögen fliehn!
Die Stimme hör' ich, daß bald Alle hin
Und früher als die Väter einst gethan,
Daß Oben schon ein Ocean
Bereitet wird,
Und nach des Höchsten Rath
Die Tiefe steigt und bis zum Himmel irrt,
Daß Wen'ge finden Gnad'
Und Cains Geschlecht umsonst erhebt den Blick
Zu Adams Gott, zu wenden sein Geschick,
Da's, Schwester, so einmal
Und uns nur würde Spott,
Wenn wir gefleht zu Gott,
Zu schenken eine Stunde uns der Qual,
So laß uns missen, was wir so verehrt,

Den Wellen trotzen, wie wir's sonst dem Schwert,
Nicht unbewegt, doch auch nicht schwach hiebei,
Nicht uns beklagend, nein! nur die Partei,
Die übrig bleibt zu ew'ger Sklaverei
Und, wenn die Wasser ruhig ziehn daher,
Die heiß beweint, die dann nicht weinen mehr.
Flieht, Seraphs, fort nach eurem ew'gen Strand,
Wo Wind nicht heult, noch Wasser stürmt das Land.
Der Tod ist unser Loos,
Euch ewig's Leben floß.
Was besser sei: Die todte Ewigkeit,
Die lebende? – weiß nur, wer machte beid'.
Gehorchet Ihm wie wir,
Nicht eine Stunde möcht' ich länger hier
Verweilen, als der Herr beschließt,
Noch schaun, daß seine Huld für euch sich schwächt,
Um all die Gnade, welche Seth's Geschlecht
Vor uns genießt.
Entflieht!
Wie deine Schwinge dich zum Himmel weht,
Denk', daß mit dir hinauf die Liebe geht,
Samiasa!
Und schau' ich auf mit thränenlosem Lid,
Geschieht's, weil eines Engels Braut nicht flennt.
Leb' wohl! – Nun komm, du grausam Element!

Anah. Und muß ich in den Tod
Und muß verlieren dich,
Azaziel?
O Herz, mein Herz, halt Stich!
Lang' hast du mir's gedroht
Und warst doch so beglückt!
Der Blitz, wenn auch geahnt, jäh auf mich zückt.
O Scheiden, bittre Noth!
Warum? Ich fass' es nie.
Doch halt' ich dich nicht fest – entflieh'!
Mein Schmerz ist kurz; Du littest ewiglich,
Verstieß man aus dem Himmel dich um mich.
Du neigtest dich schon allzusehr

Zu einem Adamskind herab;
Elend ist unser Loos, es wälzt sich schwer
Auch aus den Engel, der sich uns ergab
Und uns geliebt, daher.
Der Erste, der uns lehrte, ward gefällt,
Herabgestürzt aus seiner Engelssphär'
In eine unbekannte Welt!
Und du, Azaziel – – ach nein!
Du sollst um mich nicht leiden Pein.
Geh, weine nicht!
Du kannst nicht weinen, aber eben drum
Treibt dich der Schmerz nur um so härter um.
Vergiß sie denn, der jene Wasserschicht'
Ein größer Weh nicht bringen kann.
Entflieh, entflieh! ich sterbe leichter dann.

Japhet. O sprich nicht so!
Du, Vater, – und Erzengel du
Gewiß, der Stirne heiter ernste Ruh'
Birgt eine Himmelshuld, die uns macht froh.
O treibt sie nicht in diese Flut hinein,
Laßt sie zur Arche, oder todt mich sein!

Noah. Halt' Frieden, Kind der Leidenschaft!
Wenn nicht im Herzen, mit der Zunge Kraft!
Beleid'ge nicht den Herrn.
Leb', wenn Er's will, und wenn Er's will, stirb gern
Gerechten Tod, nicht so wie Cains Geschlecht.
Hör' auf und gräme schweigend dich,
Plag' nicht des Himmels Ohr mit deinem Ich!
Willst du, daß deinethalb Gott nicht thu' recht?
Das würd' es sein,
Wenn wegen eines Menschen Pein
Er seinen Rathschluß beugte. Sei ein Mann!
Und trag', was Adams Enkel tragen kann.

Japhet. Doch, Vater, wenn sie nun dahin,
Und wir so einsam ziehn
Und schwimmen auf der blauen Oede fort,
Die uns verbirgt der Heimat theuern Ort,

Die Freunde, Brüder, die uns theurer noch,
Die stumm nun ruhn im ungeheuern Schlund,
Wer hemmt dann, unsre Thräne, schließt den Mund?
Ist R u h e denkbar bei dem Jammer doch?
O Gott! sei uns ein Gott der Huld,
Vergib, noch ist es Zeit, die Schuld,
Erneuere nicht Adams Fall!
Zwei Menschen waren da das All,
Jetzt sind sie zahlreich wie der Wellen Heer,
Wie jener Regentropfen Meer,
Ja, dichter wär' der Gräber Reih' gerückt,
Wär' Cains Geschlecht mit Gräbern schon beglückt.

Noah. Schweig, eitler Knab'! Denn Sünd' ist jedes Wort.
(Zu Raphael.) Vergib dem Wahnsinn des verliebten Wichts.

Raphael. Den Sterblichen reißt Leidenschaft so fort,
Ihr aber, Seraphs, Söhne reinem Lichts,
Verlaßt mit mir den Ort.

Samiasa. Es kann nicht sein.
Wir wählten schon und tragen jede Pein.

Raphael. Und was sagst du?

Azaziel. Er hat's gesagt; Amen! sag' ich dazu.

Raphael. Auch du? o blöder Wahn!
Wolan! Von dieser Stunde an
Seid ihr entkleidet eurer Himmelsmacht,
Von eurem Gott erklärt in Acht.
Lebt wohl!

Jafet. Weh', weh'! wo sollen sie denn hin?
Horch! horch! wie Töne dumpf und hohl
Aus Berges Schooße heulend ziehn!
Kein Windhauch schwebt um Hügel oder Feld,
Doch bebt das Laub und jede Blüte fällt,
Wie unter Centnerlasten ächzt die Welt.

Noah. Horch! horch! Der Möwen bang Geschrei!
In Wolken dunkeln sie den Horizont

Und flattern um der Berge düstre Front,
Wohin sich nie ein Kind der Bai
Mit weißer Schwinge sonst gewagt,
Wenn noch so sehr die Wasser es gejagt.
Bald werden sie als einz'ges Ufer stehn
Und dann auch sie vergehn!

Jafet. Die Sonn', die Sonne steigt empor,
Doch schon ist weg ihr strahlend Licht:
Ein schwarzer Trauerflor
Sich um die helle Scheibe flicht
Und kündet, daß vorbei der Sommertag.
Die Wolke trägt die Farbe nun der Nacht,
Am Saume nur ein kupfriger Beschlag,
Wo sonst erschien des Morgens holde Pracht.

Noah. Schau jenen Blitz!
Den fernen Donner sagt er an,
Es kommt! Macht frei die Bahn!
Dem Element laßt seine Beut',
Dorthin zu unsrer Arche Sitz,
Die ein Asyl, ein sichres, beut.

Jafet. O Vater, halt!
Laß Anah nicht in dieser Flut Gewalt.

Noah. Muß sie nicht alles Leben schlingen? Fort!

Jafet. Ich bleib' am Ort.

Noah. So stirb
Mit ihr! Verdirb!
Du wagst's zu schauen dieses Himmels Nacht
Und willst noch retten, die jed' Ding verdammt,
Im Einklang mit Jehovah's Acht,
Die auf sie niederflammt?

Jafet. Kann denn Gerechtigkeit mit Rache gehn?

Noah. Ha, Lästerer! Du wagst es, Gott zu schmähn?

Raphael. Sei Vater, Patriarch! Beruh'ge dich!
Trotz seinem Wahn läßt Gott ihn nicht im Stich.

Er weiß nicht, was er spricht,
Doch soll er nicht
Mit Jammer trinken diese salz'ge Flut,
Wenn dieser Wahn vorbei, wird er schon gut;
Drum trifft ihn nicht wie jene das Gericht.

Aholibamah. Es naht der Sturm, der Himmel neigt zur Erd',
Daß alles Leben werd' verzehrt.
Gar ungleich ist die Schlacht,
Die unsre Kraft ficht gegen Gottes Macht.

Samiasa. Wir sind mit euch, wir tragen jetzt euch fern
Auf einen friedevollen Stern,
Wo du und Anah theilest unser Loos,
Und weinst du nur nicht um die Erde dein,
Soll unser Himmel auch vergessen sein.

Anah. O meines Vaters Zelt, mein Heimatsschooß!
O Berg und Thal, wenn nun versunken ihr,
Wer stillt die Thräne mir?

Azaziel. Dein geist'ger Mann!
Denn trifft uns auch des Himmels Bann,
Bleibt uns noch viel, was man nicht rauben kann.

Raphael. Rebell! schlimm ist dein Wort,
Doch schwach wird deine That hinfort.
Das Schwert, das Adam trieb aus Edens Land
Flammt stets noch in der Engel Hand.

Azaziel. Uns trifft es nicht; bedroh' den Staub mit Tod
Und den, der bluten kann, mit einem Schwert,
Uns, den Unsterblichen, bringt's keine Noth.

Raphael. Die Stunde naht, wo deiner Stärke Werth
Sich zeigen mag; erfahre nun,
Wie bald erschlafft,
Wer kämpfet gegen Gottes Thun:
In deinem Glauben lag einst deine Kraft.

Sterbliche treten auf, die einen Zufluchtsort suchen.

Chor der Sterblichen. Es mischen Himmel sich und Erd'. O Gott!
　　　Verschone uns, was haben wir gethan?
　　　Horch! selbst das Waldthier heult dich betend an,
　　　Der Drache kriecht aus seiner finstern Grott',
　　　Und sucht bei Menschen Schutz in seinem Schreck,
　　　Des Vogels Angstruf durch die Lüfte gellt.
　　　O nimm die Ruthe deines Zornes weg!
　　　Erbarme der Verzweiflung dich, der Welt!
　　　Es fleht der Mensch nicht nur,
　　　Nein! jede Kreatur!

Raphael. Leb' wohl, o Erd'! Du arm Geschlecht von Staub!
　　　Dir helfen darf ich nicht, verfügt ist's dort! *(Raphael ab.)*

Japhet. Schon jagen Wollen geiergleich nach Raub
　　　Und andre warten ruhig auf das Wort,
　　　Daß sie ergießen ihre Zornesschal'.
　　　Den Himmel soll kein Azur schmücken mehr,
　　　Kein Stern erfreuen uns mit seinem Strahl.
　　　Der Tod erhebt sich; geisterhaft und fahl
　　　Scheint's durch die Luft, der Sonne Platz ist leer.

Azaziel. Komm, Anah! laß den schwanken Kerker hier,
　　　Die Elemente gehen auf ihn los,
　　　Ihn heim zu stürzen in des Chaos Schooß,
　　　Doch du bist sicher, haftest du an mir,
　　　Wie an der Mutter Schwing' der junge Aar.
　　　Mag Element bedrohn das Element,
　　　Nicht kümmre dich der Hader, der entbrennt,
　　　Wir fliehn nach einer Welt hin, die noch klar,
　　　Wo höh're Luft du athmest, schön'res Licht,
　　　Der schwarze Himmel ist der einz'ge nicht.

(*Azaziel und Samiasa fliegen mit Anah und Aholibamah fort
und verschwinden.*)

Japhet. Sie sind entflohn, indessen rings umher
　　　Die Gottverlass'nen schrein; und nimmermehr,
　　　Ob sie nun leben oder mit dem Heer,
　　　Das seinem Ende nah, zu Grunde gehn,
　　　Wird Anah je dies Auge wieder sehn!

Chor der Sterblichen. O Noah's Sohn, rett' das Geschlechte dein!
Kannst du uns lassen in so schwerer Zeit
Und mitten in der Elemente Streit
Zurück dich ziehn in deiner Arche Schrein?

Eine Mutter (*bietet Japhet ihr Kind hin*).
O nimm dies Kind mit dir hinein!
Mit Schmerz bracht' ich's zur Welt,
Doch ward ich Lust geschwellt,
Als ich's an meinem Busen hängen sah.
Warum ist es jetzt da?
Was that mein Sohn,
Mein unentwöhnter, schon,
Daß er erweckte Gottes Zorn?
Welch Gift trägt meines Busens Born,
Daß Erd' und Himmel wird bewegt vom Tod,
Zu tilgen meines Knabens Morgenroth
Und seinen Athem in der wilden Flut?
O rette ihn, Seth's Blut!
Wo nicht, so sei verflucht mit Dem, der dich,
Dein Haus erschuf, das uns nun läßt, im Stich!

Japhet. Still! nicht zum Fluch ist's Zeit! Nein, zum Gebet!

Chor der Sterblichen. Ha, zum Gebet!!
Und wer, denn hört,
Wenn man auch fleht,
Wo zum Gebirg' die Wolke stürzt verstört
Und kreist
Und wilde Flut jedwede Schranke reißt,
Daß selbst die Wüste keinen Quell mehr sucht?
Verflucht,
Wer dich und deinen Vater schuf!
Doch fluchen wir umsonst, wir gehn zu Grund.
Doch da uns unser Elend kund,
Warum noch Knieen oder Hymnenruf
Zu dem Allmächtigen, der uns nicht hört,
Der uns ja doch zerstört?
Er schuf die Welt; die Schmach ist sein,
Daß er zur Qual sie schuf. Schon bricht herein

Die Schreckensflut
In ihrer Wuth
Und übertäubt die freundliche Natur.
Der schöne Wald,
Gerad so alt
Als Edens holde Flur,
– Eh' Eva's Mitgift Adam auch bezwang
Und dieser seine Sklavenhymnen sang –
Mit seinen Bäumen mächtig, grün und groß,
Ist überschwemmt,
Des Sommers Blüte sinkt in Brandungs Schooß,
Die steigt und steigt, von Nichts gehemmt.
Vergebens schaun zum Himmel wir empor,
Nicht uns, dem Wasser öffnet er sein Thor
Und schließet Gott von unsern Blicken aus.
O fliehe, Noah's Sohn und rette dich
In dein für dich erkornes Wasserhaus,
Und schaue, schwimmend überm Wasserstrich,
Die Leiche deiner Jugendwelt,
Daß dann zum Himmelszelt
Dein Loblied gellt!

Ein Sterblicher. Dem Frommen Heil,
Der stirbt im Herrn!
Wird auch der Flut die Erd' zu Theil,
Sei doch Sein Wort
Verehrt hinfort!
Er gab mir's Leben, ich geb' gern
Den Athem, der ja sein.
Und löscht für immer dieses Auges Schein,
Und hört Er nicht mehr vor dem Thron
Der schwachen Stimme Fleheton,
Er sei gepriesen doch
Für das Vergang'ne noch,
Selbst für das Jetzt!
Denn sein sind wir,
Der Erst', der Letzt'
Und Zeit und Raum, und Leben, Tod,
Das uns bekannte Weltrevier,

Das Unbekannte, das uns droht!
Er schaffet und zerstört;
Und soll um einen armen Hauch
Ich stöhnen, lästern nun, bethört?
Nein, wie ich lebte, will ich sterben auch,
Im Glauben – geht der Erdball selbst in Rauch.

Chor der Sterblichen. Wo fliehn wir hin?
Nicht zum Gebirg' ist's klug zu ziehn,
Wo doppelt brüllend rauscht der Bach
Dem Meere zu, das allgemach
Heranrückt und die Höhn umfaßt
Und in die Höhlen dringt mit Hast.

Ein Weib*(tritt auf.)* O rette, rette mich!
Mit Wasser füllt mein Thälchen sich.
Mein Vater, meines Vaters Zelt,
Die Brüder und der Brüder Heerd',
Die Bäume, die uns Schatten oft gewährt,
Wo Vogelsang den Busen uns geschwellt,
Das Bächlein, das der Weide Grün
So frisch ließ blühn,
Verschwunden sind sie all!
Als ich heut' früh' zum Berge stieg,
Den Ort zu segnen, der noch schwieg,
Da drohte keines Blattes Fall.
Und nun ist Alles hin, gefällt!
O warum kam ich auf die Welt?

Japhet. Zu sterben in der Jugend Lenz,
Und glücklicher durch solchen Tod
Als schaun das Ende aller Existenz,
Wie mir es droht.
Verdammt zu nichtigem Gewein'!
Wenn Alles hin wird, warum übrig sein?

(Die Wasser steigen, die Menschen fliehen nach allen Richtun-
gen. Viele werden von den Wellen fortgerissen. Der Chor
der Sterblichen zerstreut sich und sucht sich auf die Berge

*zu retten. Japhet bleibt auf einem Felsen, während die Ar-
che von der Entfernung gegen ihn heranschwimmt.)*

Über tredition

Eigenes Buch veröffentlichen

tredition wurde 2006 in Hamburg gegründet und hat seither mehrere tausend Buchtitel veröffentlicht. Autoren veröffentlichen in wenigen leichten Schritten gedruckte Bücher, e-Books und audio-Books. tredition hat das Ziel, die beste und fairste Veröffentlichungsmöglichkeit für Autoren zu bieten.

tredition wurde mit der Erkenntnis gegründet, dass nur etwa jedes 200. bei Verlagen eingereichte Manuskript veröffentlicht wird. Dabei hat jedes Buch seinen Markt, also seine Leser. tredition sorgt dafür, dass für jedes Buch die Leserschaft auch erreicht wird.

Im einzigartigen Literatur-Netzwerk von tredition bieten zahlreiche Literatur-Partner (das sind Lektoren, Übersetzer, Hörbuchsprecher und Illustratoren) ihre Dienstleistung an, um Manuskripte zu verbessern oder die Vielfalt zu erhöhen. Autoren vereinbaren direkt mit den Literatur-Partnern die Konditionen ihrer Zusammenarbeit und partizipieren gemeinsam am Erfolg des Buches.

Das gesamte Verlagsprogramm von tredition ist bei allen stationären Buchhandlungen und Online-Buchhändlern wie z. B. Amazon erhältlich. e-Books stehen bei den führenden Online-Portalen (z. B. iBookstore von Apple oder Kindle von Amazon) zum Verkauf.

Einfach leicht ein Buch veröffentlichen: **www.tredition.de**

Eigene Buchreihe oder eigenen Verlag gründen

Seit 2009 bietet tredition sein Verlagskonzept auch als sogenanntes "White-Label" an. Das bedeutet, dass andere Unternehmen, Institutionen und Personen risikofrei und unkompliziert selbst zum Herausgeber von Büchern und Buchreihen unter eigener Marke werden können. tredition übernimmt dabei das komplette Herstellungs- und Distributionsrisiko.

Zahlreiche Zeitschriften-, Zeitungs- und Buchverlage, Universitäten, Forschungseinrichtungen u.v.m. nutzen diese Dienstleistung von tredition, um unter eigener Marke ohne Risiko Bücher zu verlegen.

Alle Informationen im Internet: **www.tredition.de/fuer-verlage**

tredition wurde mit mehreren Innovationspreisen ausgezeichnet, u. a. mit dem Webfuture Award und dem Innovationspreis der Buch Digitale.

tredition ist Mitglied im Börsenverein des Deutschen Buchhandels.

Dieses Werk elektronisch lesen

Dieses Werk ist Teil der Gutenberg-DE Edition DVD. Diese enthält das komplette Archiv des Projekt Gutenberg-DE. Die DVD ist im Internet erhältlich auf **http://gutenbergshop.abc.de**

Zeitfracht Medien GmbH
Ferdinand-Jühlke-Straße 7
99095 Erfurt, Deutschland
produktsicherheit@kolibri360.de